ALEXANDER, QUE ERA RICO EL DOMINGO PASADO

JUDITH VIORST

ilustrado por RAY CRUZ

traducido por Alma Flor Ada

Aladdin Paperbacks/Libros Colibrí

First Aladdin Paperbacks/Libros Colibrí edition, 1989
Aladdin Paperbacks/Libros Colibrí
An imprint of Simon & Schuster
Children's Publishing Division
1230 Avenue of the Americas
New York, NY 10020
Manufactured in the United States of America

10   9   8   7   6   5

Viorst, Judith
    [Alexander, who used to be rich last Sunday, Spanish]
    Alexander, que era rico el domingo pasado/Judith Viorst;
ilustrado por Ray Cruz; traducido por Alma Flor Ada. — 1st Spanish ed.
            p.   cm.
    Translation of: Alexander, who used to be rich last Sunday.
    Summary: Although Alexander and his money are quickly parted, he
comes to realize all the things that can be done with a dollar.
    ISBN 0-689-71351-7
    [1. Finance, Personal—Fiction. 2. Humorous stories. 3. Spanish
langauge materials.] I. Cruz, Ray, ill. II. Title.
PZ73.V578 1989
[E]—dc20   89-35439   CIP   AC

A los abuelos de los muchachos, Betty y Louie Viorst

No es justo que mi hermano Anthony tenga dos dólares y tres monedas de veinticinco centavos y una moneda de diez y siete monedas de cinco y dieciocho centavos.

No es justo que mi hermano Nicholas tenga un dólar y dos monedas de veinticinco centavos y cinco monedas de diez y cinco monedas de cinco y trece centavos.

No es justo porque lo único que yo tengo es...fichas para el autobús.

Y casi todo el tiempo lo único que yo tengo es...fichas para el autobús.

Y aun cuando soy muy rico, sé que muy pronto lo único que tendré
será...fichas para el autobús.

Lo sé porque yo era muy rico. El domingo pasado.

El domingo pasado mi abuelita Betty y mi abuelito Louie vinieron de visita desde New Jersey. Trajeron salmón ahumado porque a mi padre le gusta el salmón ahumado. Y trajeron plantas, porque a mi madre le gustan las plantas.

Trajeron un dólar para mí y un dólar para Nick y un dólar para Anthony porque—mamá dice que esto no se debe decir—a nosotros nos gusta el dinero.

Muchísimo. Especialmente a mí.

Mi padre me dijo que guardara el dólar para cuando vaya a la universidad.

Estaba bromeando.

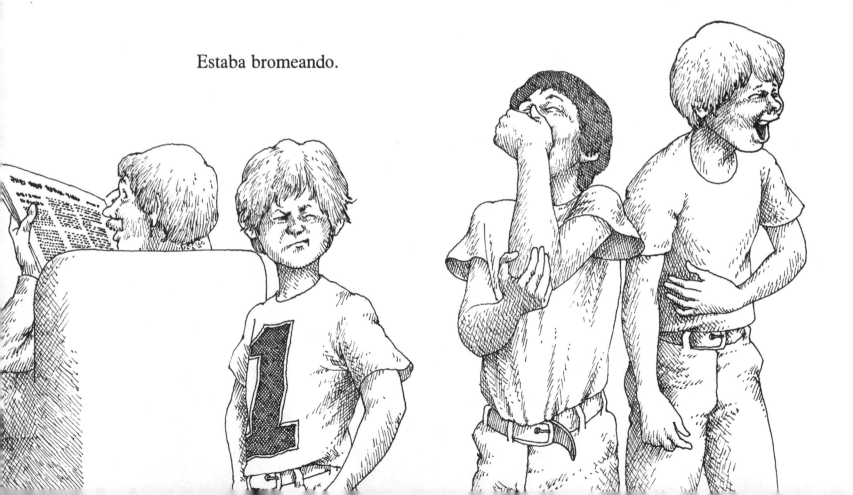

Anthony me dijo que usara el dólar para ir a una tienda del centro y comprarme una nueva cara. Anthony es idiota.

Nicky me dijo que cogiera el dólar y lo enterrara en el jardín y que en una semana saldría un árbol de dólares. Ja, ja, ja.

Mamá me dijo que si de veras quiero comprarme un radiotrasmisor, que ahorre el dinero.

Ahorrar dinero es difícil.

Porque el domingo pasado, cuando era rico, fui a la farmacia de Pearson y compré chicle de globo. Y cuando el chicle ya no sabía a nada, compré otro. Y cuando ése ya no sabía a nada, compré otro más. Y cuando le dije a mi amigo David que le vendería todo el chicle que tenía en la boca por sólo cinco centavos, no me lo quiso comprar.

Adiós quince centavos.

El domingo pasado, cuando era rico, aposté que podía aguantar la respiración hasta contar 300. Anthony ganó. Aposté que podía saltar desde lo más alto del portal y caer de pie. Nicky ganó.

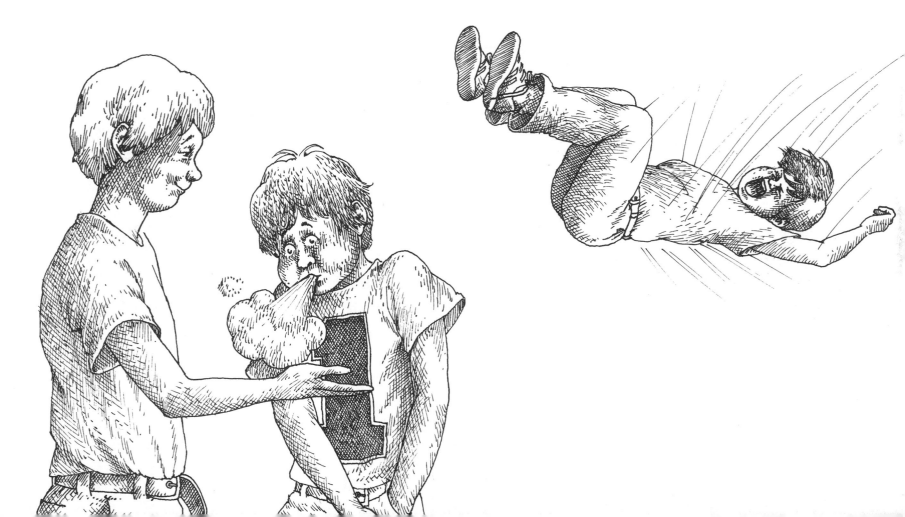

Aposté que podía esconder una bola morada en una mano y que mi mamá no adivinaría en qué mano la tenía. Yo no sabía que las madres les cobran las apuestas a sus hijos.

Adiós otros quince centavos.

Estaba absolutamente decidido a ahorrar el resto del dinero. Iba a ahorrarlo sin lugar a dudas. Sólo que Eddie me llamó y me dijo que me alquilaría su culebra por una hora. Yo siempre había querido alquilar su culebra por una hora.

Adiós doce centavos.

Anthony dijo que cuando tenga noventa y nueve años todavía no tendré ahorrado suficiente dinero para un radiotrasmisor. Nick dijo que soy demasiado tonto para andar suelto. Mi padre dijo que hay ciertas palabras que un niño no puede decir, a pesar de lo mezquinos y miserables que sean sus hermanos. Me cobró cinco centavos por cada una de las que dije.

Adiós diez centavos.

El domingo pasado, cuando era rico, se me fueron sin querer tres centavos por el inodoro. Se me cayó una moneda de cinco centavos por una rendija mientras caminaba de cabeza. Traté de sacar la moneda con un cuchillo de mantequilla y también con las tijeras de mi madre.

Adiós ocho centavos.

Y el cuchillo de mantequilla.

Y las tijeras.

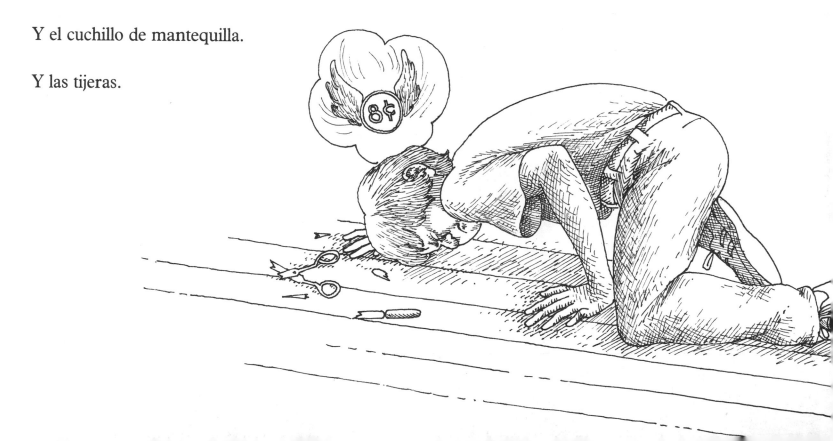

El domingo pasado, cuando era rico, encontré un chocolate por ahí. Lo rescaté para que no se derritiera ni lo aplastaran. Sólo que el modo de rescatarlo para que no se derritiera ni lo aplastaran fue que me lo comí. ¿Cómo podía imaginarme que era de Anthony?

Adiós once centavos.

Estaba absolutamente decidido a ahorrar el resto del dinero. Iba a ahorrarlo sin lugar a dudas. Pero entonces Nick logró que mis centavos se desvanecieran en el aire con un truco de magia. El truco para que reaparezcan no lo ha aprendido todavía.

Adiós cuatro centavos.

Anthony dijo que ni siquiera cuando tenga 199 años voy a tener ahorrado suficiente dinero para un radiotrasmisor. Nick dijo que me deben encerrar en una jaula. Mi padre dijo que hay ciertas cosas que un niño no puede patear, a pesar de lo mezquinos y miserables que sean sus hermanos. Me cobró cinco centavos por la patada que di.

Adiós cinco centavos.

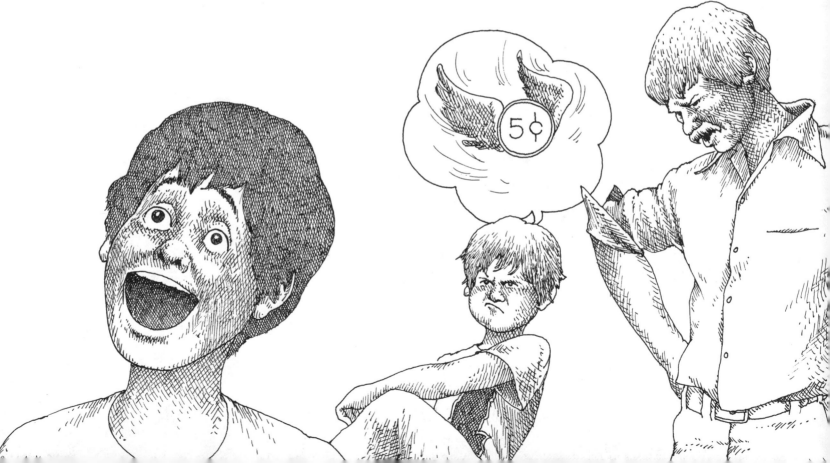

El domingo pasado, cuando era rico, Cathy, que vive a la vuelta de la esquina, tuvo una venta. Fui decididamente sólo a mirar. Vi una vela medio consumida. Y yo necesitaba esa vela. Vi un oso con un ojo. Y yo necesitaba el oso. Vi un juego de barajas perfecto, sólo que le faltaban el siete de bastos y el dos de diamantes. A mí no me hacían falta ni el siete ni el dos.

Adiós veinte centavos.

Estaba absolutamente decidido a ahorrar el resto del dinero. Iba a ahorrarlo sin lugar a dudas. Decididamente y sin lugar a dudas iba a ahorrar el resto del dinero. Sólo me hacía falta algún dinero para poder ahorrarlo.

Traté de sacarme un diente, para ponerlo debajo de la almohada y así
conseguir veinticinco centavos. No tenía ningún diente flojo.

Busqué en las cabinas de teléfono de la farmacia las monedas de cinco y diez que a veces se les quedan olvidadas a la gente. A nadie se le había olvidado ninguna.

Llevé algunas botellas vacías de las que no tienen depósito al Mercado *Friendly*. En el Mercado *Friendly* no fueron muy "buenos amigos".

Les pedí a mis abuelitos que volvieran pronto.

El domingo pasado, cuando era rico, tenía un dólar. Ya no tengo ningún dólar. Tengo un estúpido juego de barajas. Tengo un oso tuerto. Tengo una vela derretida.

Y…unas fichas para el autobús.

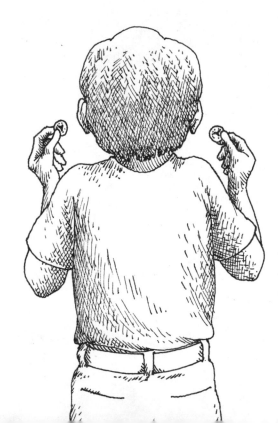